흔 적

흔적

초판 1쇄 인쇄일 2014년 11월 25일
초판 1쇄 발행일 2014년 11월 28일

지은이 한광호
펴낸이 양옥매
디자인 송다희

펴낸곳 도서출판 책과나무
출판등록 제2012-000376
주소 서울특별시 마포구 월드컵북로 44길 37 천지빌딩 3층
대표전화 02.372.1537   팩스 02.372.1538
이메일 booknamu2007@naver.com
홈페이지 www.booknamu.com
ISBN 979-11-85609-52-2(03810)

이 도서의 국립중앙도서관 출판시도서목록(CIP)은 서지정보유통지원 시스템
홈페이지(http://seoji.nl.go.kr)와 국가자료공동목록시스템
(http://www.nl.go.kr/kolisnet)에서 이용하실 수 있습니다.

흔적

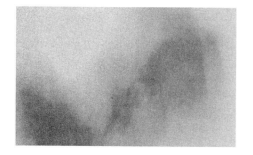

책과나무

글을 잘 모르는 내가
글을 쓴다는 것 더구나 책을 낸다는 것
참 어렵고 미안하고 매우 부끄러운 마음이지만
세상살이 힘들고 지친 사람에게
작은 위안이라도 되려나 하는 마음에
부족하지만 짧은 글로 이 책을 내 본다

불가에서 이르기를
인간사 백팔번뇌라 하지 않았는가
하늘이 무너지는 듯 극한 시련도 세월이 흐르면
바람처럼 스치고 지나가는 것을

감당하기 너무 힘겨워 삶을 포기할까 하는 생각도 했
지만
그 시련 그 고통 누가 대신할 수 없기에
포기할 수 없는 운명으로 알고 참고 견디다 보니
세월이 약이라고 멀어져 가더군

다시 가라 하면 나는 못 가네 유행가 가사처럼
내 젊은 날로 다시 가라 해도 나는 못 갈 것 같네
탐욕도 성냄도 다 버리고 물같이 바람같이 살다 가면
되는 것을

2014년 9월
수안보 산골 움막에서 **한광호**

차례

작가의 말

제1부 자연 그리고 나

제 2부 엽전 구멍으로 본 세상

제 3부 고향 그리고 가난

제 4부 내 어머니 그리고 아버지

제 1 부

자연 그리고 나

기러기

겨울 끝자락
한겨울 살다
고향으로 돌아가는 기러기

입춘 지나 봄 문턱
노을 진 하늘을 무리 지어 난다

시옷 자 기역 자 써 보지만
더는 몰라 그냥 날고 있다

더 많이 알면
시도 산문도 써 보련만

구만리 머언 길을
그냥 날아만 간다

가갸 거겨 고교 구규……

*공부는 내 인생에 대한 예의다. 참 부끄럽다

詩를 배우며

멋과 리듬을 살려
짧고 아름답게
감동을 주는 글을 쓰라 하네

세상 만물에 온통
시가 널려 있어도
담을 줄을 모르네

그래 한번 써 보자
내 마음 생각 속으로
아름다운 시가
샘물처럼 솟을 때까지

*광진 문화원 성기조 교수 강의 수강 후

봄이 오는 길목

버들가지
버들강아지
너는 분명 꽃이어라

장미처럼 아름답지 않아도
국화처럼 고고하지 않아도

찬바람 얼음물에
온몸이 시려도 인내하며
남 먼저 봄을 가져오는
너는 정녕 꽃이어라

타고난 겸손함으로
소박하게 살다가는
보송보송
자회색 솜털이
수줍은 누나 같은 꽃

한강 1

나를 물로 보지 마라
생명의 물
소중한 자원인 것을

검룡소 맑은 샘
심산유곡 굽어 돌아
남한강 이루고
금강산 정기 받아
댐마다 큰 힘 주고
북한강 흐르다가

두물머리 합류하니
이천만 수도 서울
젖줄 되어 흐르네

함부로 쓰지 말고 더럽히지 말지니
길이 후손에 물려줄 자산인 것을……

*물의 날에

한강 2

석양 노을 물들어
보석처럼 빛나는 강
세상 근심 모두 잊고
말없이 흐르네

내 마음 둘 곳 몰라
사심 속을 헤매인다

밀려오는 어스름에
노을빛 사위어 가고
청춘도 정열도
세월 속에 덧없어라

소리 없이 흐르는
수도승 같은 모습
세상 사는 지혜나
배워 볼까 하네

*청담동에서

한강 3

도대체 그 바다
얼마나 크기에
그 많은 강물을 다 품어 안을까?
그 바다 넓은 가슴을 보고 싶다

잉어랑 붕어랑
다 품어 기르고
먹을 물 씻을 물 다 대주고
고맙다는 인사도
칭찬도 바라지 않는
그 자비로움을 닮고 싶다

산골 바위틈 잘도 돌아
댐을 넘어 스스로 닦으며
강물 되어 바다로 가는
그 개울 지혜를 배우고 싶다

육십 평생을 살아도

다 알지 못하는

허기진 욕망이여……

목련 꽃

다 벗어 빈 가지에 목련이 핀다
하얀 손 다소곳
하늘 향해 합장하고

흰 고깔 너울 쓰고
하얀 버선 사뿐사뿐
팔 벌려 하늘 안고
한 판 승무 눈부시다

봄 햇살 한 모금
우윳빛 속살
삼사일 짧은 인연
서러움에 지는구나

괜찮다
괜찮다
그래 괜찮아
다시 시작하면 돼
도란도란
윤회의 삶을 속삭인다

감자의 모성

어이 날씨 좋다
밭으로 가자
겨울잠 깨어난
감자에 새싹이 돋는다

그래 넌
거룩한 모성이 있었구나
쪼개진 몸속으로 앓으며
흙 속에
알을 낳고 품어 키우고

저녁 잘 먹고 자는 잠에
꽃피고 잎 필 때 가신다고
노래 삼던 내 어머니
진달래 개나리
활짝 핀 꽃길을 가셨네

어머니
그 정이 그립습니다
머얼리 봄 산이 젖어 보인다

*감자 심던 날

산비둘기 우는 사연

구국 구국
구국 구국
산비둘기 봄 산에서 운다

기집 죽고 자식 죽고
물가 전지 수패하고
이내 혼자 어이 살꼬
구국 구국 구국 구국

가난하던 시절
대가족 어려운 살림
물가 전지 수패하고
어머니도 비둘기처럼 우셨으리

어머니 가시고
세상은 모든 게 풍요로워도
만족할 줄 모르고
이기적인 욕심으로 가득한데

오늘도 산비둘기
옛날처럼 그렇게
고단한 울음을 운다

청산에 살고지고

칡넝쿨 머루 다래 어우러진
오지의 작은 산골
그 산에서 살고 싶다

옹달샘 물 토끼랑 나눠 먹고
조 수수 심어 새들 불러 모으자
언덕에 두릅 더덕 심고
감자는 멧돼지가 좋아하지

도랑에 가재가 살고
도롱뇽이 알을 낳고
이 한 몸 누일 집은 오두막이면 족하리

좋은 날 심우 불러
술 한 잔 시 한 수는 어떠리

먼 산에 뻐꾸기 울고
하늘에 흰 구름 한가한데
산울림 할아범 긴 낮잠을 즐긴다

*수안보 은행정 마을 묵밭에서

봄 1

너는 참 많은 선물을 가져왔구나
꽃도 나비도
연초록 고운 잎
따스한 햇살
산들바람도
만물 소생하라고 봄비도

황사 꽃가루는
싫은데 거절할 수 없네
행복에 불행이 있어
울다 웃다 하는 삶

계절의 여왕은
초록 카펫을 펼치는데
따사로운 햇살은 졸고
먼 산 아지랑이 봄을 수놓는다

봄 2

너는 참 곱고 예쁜 시를
많이도 가졌구나

오월의 푸르름으로
채색된 시를 쓰고 싶은데

그 옛날 보릿고개를
허기진 몸으로 힘겹게 오른다

산과 들의 모든 나물
송구까지 벗겨 먹고도 배고파했는데
너희가 어찌 그때를 알랴

이 봄은 더없이 풍요로운데
가물거리는 시상을 붙들고
아름다운 봄을 졸고 있다

*송구 : 소나무 속껍질을 가리키는 '송기'의 방언

등 굽은 소나무

바위 절벽의 멋진 소나무
그 삶
사람들은 잘 모른다

탯줄 끊고 세상에 나와
모진 풍파에 떠밀려
벼랑 끝에 초막 짓고
귀양을 살고 있다

세찬 바람 눈서리 맞으며 울고
무거운 눈 온몸으로 짊어지고
등 굽고 어깨 처진 몰골

그 모습 멋스러워
학을 동행하고
화폭을 장식했는데

욕심 많은 손들은
보쌈하듯 업어 와
정원수로 사고팔고
아 고고하고 고독한
소나무의 수난이여

백로의 명상

긴 목 움츠리고
긴 꼬리 곧게 펴
다소곳 날개 접고

물 가운데
바위에 앉아
명상을 하고 있다

바깥세상 시끄러움
귀 닫아 듣지 않고

흰 깃털처럼 가볍고
하얀 마음 되고픈데

발밑에 송사리 떼 아물거려

눈감아 버렸다

먹이사슬 뉘우쳐

살생임을 깨달아

수행하는 중이다

매미의 울음

매양 매양 매양
매~엠 까르르~

시원한 나무에 앉아
환생의 기쁨을 노래한다

굼벵이 7년 땅속 살다
허물 벗고 날개 얻어

오죽 좋으냐
실컷 노래하라
실컷 외쳐 보라

짧은 여름
짧은 삶이
한이 되거든

실컷 울어라 목이 쉬도록
장고한 세월이
너무 아깝고 서럽지 않더냐?

산촌 풍경

논에는 개구리
합창하고

서낭당 느티나무엔
구성진 소쩍새 울음
밤의 적막을 깬다

솥 적다 솥 적다
풍년이 온다는데

마당엔 모깃불 졸고
외양간 워낭소리 한가한데

농사일 지친 늙은 농부

목침 돋아 베고

깊은 잠에 빠졌다

산촌의 고즈넉한

여름밤은 깊어만 가고……

소나기

우루루 쿵쿵
천군만마 몰려와

한꺼번에 퍼붓는
화살같이

거센 바람 몰고
힘차게 쏟아지는 빗줄기

갈증 난 논과 밭에는
성장을 돕는 보약이고
맛있는 새참이고
시원함은 덤인데

그 많은 소나기 다 어디로 갔나
베적삼 흠뻑 적시고
미소 띤 얼굴로 종종걸음 치는
농부의 모습이 추억되어 그립다

*오랫동안 많은 비보다 가끔 와 주는 소낙비가 더 소중하다

무지개

소나기 지나간 하늘
구름 사이로
해가 얼굴을 내밀고

반대편 하늘에
고운 그림 그려 놓았다

어쩜 저리 고울까?
해는 고운 물감을 가진
천재 화가인가?

예쁜 소녀의 꿈처럼
곱고 아름답다

그 그림 사람이 그렸다면
수억 원은 되었으리
아… 자연의 능력이여……

자연이 전하는 말

희뿌연 안개가
소리 없이 내려와
온 세상을 덮고는

시끄러운 세상
조용히 하란다
쉬엄쉬엄 살란다

자연은 침묵하고 있는데
왜 사람은 소란을 떠느냐고

쾌속질주 헐레벌떡
무엇을 얻었느냐고

자연처럼 살란다
자연의 소리를 들으란다
어차피 가는 세월
천천히 가란다

가을이다

시리도록 파란 하늘
창백한 햇살
그래서 가을이다

소슬바람 불어
빛바랜 낙엽 떨구니
그래서 가을이다

애잔한 구절초 꽃
가을 햇살 끌어안고 놀다
찬 서리에 파르르
그래서 가을이다

가을은 사색의 계절
이별의 계절
가슴 시린 시인의 아픈 계절

가을 앓이

구월도 가고
시린 시월
마음이 시려
견딜 수 없네

계절이야
세월 따라 간다지만

가을이 아픈 것은
마음이 저 먼저
겨울 문턱을
서성이기 때문인 걸
가을만 탓하랴

차라리 마음을 묶어
따사로운 햇살로
데려가고 싶으다

가을 들녘

이른 봄부터
농부의 땀과 정성으로
풍년을 이룬 들판

비바람 햇살 도움으로
풍성한 열매를 얻어

농부의 곳간을 채우고
다 내어 준 논밭은
빈 몸으로 남아

쉬고 싶은가 보다
알몸으로 누워
긴 겨울잠에 들 참이다

가진 것 다 내어 주는
땅의 고마움이여
겨울새들의 먹일랑
남겨 두고 주무시게나

코스모스

바람 한 줌에 덩실덩실
이슬 한 모금 흐뭇해 웃고

잠자리 날개 같은
가벼운 꽃 머리에 이고

가녀린 목 높이 들어
동구 밖 길가에
무리 지어 늘어서서

고향 길손 반기는
어머니 같은 꽃이여

늦가을 찬 서리에
씨 한 줌 흙에 떨구고
한 생을 마감하는
애잔한 가을 나그네

가을 편지

소슬바람에 실려 떠돌다
흐르는 물 위에 뜬 편지
그 고운 사연 누구에게 전해지려나

꼭 기억하란다
그 속엔 한 세월 담겼음을

비우면 채워지고
채우려면 비워야 하는
자연의 순리를

그 글 받는 이
도를 알겠네
진리를 배우겠네

다 내려놓고 겨울을 사는
나무의 깊은 속마음을 읽겠네

보리의 겨울나기

연초록 고운 잎
가녀린 실뿌리

병아리 같은 나약한 몸으로
포근히 품어 줄 어미도 없이

삭풍이 몰아쳐도
서릿발 칼진 땅에 뿌리내려
차갑게 언 땅 애써 부여잡고

고난의 삶을 참아
따스한 봄을 기다리는
질긴 삶의 소유자

가난한 농부의 동반자
농부는 봄이 오면
흙을 덮고 밟아 주고

너는 농부를 위해
또 한 번 풍성한
열매를 맺어 주리라

고진감래

군자란이 추울까 봐
거실에 들여놓고

하나하나 잎을 닦으며
생각했다

추위를 겪어야
꽃 피울 준비를 할 텐데
어리석은 내 마음을 탓한다

쓴맛을 보지 않고
어찌 단맛을 알리

산천의 야생화도
살아남아 꽃을 피우는데

54

우리네 인생살이도

다를 게 하나 없으리

천 년 학

천 년을 이어온
고고한 자태

천 년을 살아 청학이 되고
천 년을 지나 현학이 되어
마침내 불사조가 된다 했던가?

신선이 타고 다녔다는
전설 같은 새야

너를 닮고픈 간절한 마음에
옛 선비는 학춤을 즐겼으리

탐욕과 고뇌로
무겁게 짓눌린 삶

훌훌 벗어 놓고
가벼이 날고픈데

고고한 자태가
가벼운 날개가
부럽기만 하구나

*학 : 천연기념물 제202호

겨울 소나무

모진 추위에 잠시 생장과 초록을 포기한
뭇 나목들 틈에서 독야청청 푸른 소나무

바위 절벽에서도
살아남는 생명력으로

올곧은 선비의 풍모를 닮아
지조 있게 푸르름을 잃지 않는

우리 민족의 상징
우리 조상의 슬기

소복이 흰 눈을 이고 선 너의 모습은
하얀 드레스 입은 새 신부처럼 곱다

지구를 함부로 사용한 대가로
숲도 천이한다는데

너만은 우리 곁에 살아남아
늘 푸른 숲을 지켜다오

*천이 : 변하여 바뀜

산골 물

물 한 방울 없이
말라버린 계곡

가재와 도롱뇽은
어디 숨어 살았을까

옛 어머니 이야기로
가재는 사월 없는 곳에
살고 싶어 한다는데

단비 내려 물 흐르니
무릉도원 여기로세

흙 묻고 땀 젖은 옷
술렁술렁 빨아 널고

흐르는 물에 손발 담그니
신선이 따로 없다

새소리 물소리 돌마다 고운 이끼
자연이 그려놓은 아름다운 그림일세

*귀촌 1 작품

숲 속의 시인

숲 속에는 시가 있네
나무는 시를 쓰고
새들이 시를 읽고

구름이 시를 쓰고
바람이 시를 읽네

물소리 새소리
바람 소리 시원한데

산 노루 긴 다리로
온 산을 춤춘다

아부

밭 한 떼기 얻으려고
산신에 절을 하고

새집 지어 달아 놓고
산새에게 아부해도

자연과 한 몸 되긴
아직도 멀었구나

풀 죽는 약 치고 보니
지렁이 간 곳 없고

벌레 먹은 들깨 보고
농약 통 짊어진다

부질없는 내 마음은
자연에는 아부할 수 없다

오지 농사

화전민 떠난 자리
자연이 독차지하고

전기가 없으니
별빛이 아름답고

수도가 없으니
산골 물 차고 맑다

전화도 텔레비전도 없어
새소리 더욱 곱고

자동차도 못 오르니
문명이란 하나 없네

오지 농사 자처한
설익은 농사꾼아

그들에게 폐 되지 않게
조심조심 하게나

물은 예술가

쉬지 않고 흘러도
그냥 가지 않네
바다가 목적이긴 해도
그냥 가지 않네

산골 계곡 이끼 피우고
바위도 다듬고
돌도 예쁘게 깎고
어느 조각가인들 물만 하랴

논에 가득 실려
농부의 시름 달래고

뗏목 띄운 벌목공
목청 또한 흥겹다

강변 모래톱의
예쁜 단층은
손으로는 빚을 수 없으리

사람들아 공업용 농업용
필요에 따라 쓰면서
흐리지 마라 물고기에 부끄럽지 않게

동강의 작은 나라

강원도 영월 땅에
작은 나라 하나 있네

조물주 이 땅 만들며
미리 만들어 둔 모형인가

산자락은 한반도요
동해
남해
서해
동강은 휘돌아 흐르고

그 작은 땅에도
주인은 있을 터

산노루 망을 보고
토끼는 낮잠을 잔다

평화롭고
아름다운
행복한 나라
대~한민국

눈은 자연의 친구

산에 내린 눈은 나무의 양식
들에 내린 눈은 보리의 이불
물에 내린 눈은 물고기 살고

산골의 눈 풍경은
동양화 그림이네

시골에 눈이 오면
마음마저 포근한데

도시에 내린 눈은
천덕꾸러기
이리 밟고 저리 밟고
염화칼슘 범벅되어
차에 깔려 죽어간다

눈은 자연의 친구
사람도 같으련만
종종걸음 바쁘게 사느라
푸대접하는구나

양달 토끼 응달 토끼

눈 덮인 산을 보며
산토끼의 삶을 생각해 본다

양달 토끼가 굶어 죽을까?
응달 토끼가 굶어 죽을까?

응달 토끼가 굶어 죽을 것 같지
천만에 양달 토끼라네

건너편 산을 보고
응달 토끼는 얼른
양달로 뛰어 가지만

양달 토끼가
건너편 산을 보니 온통 눈 천지
스스로 삶을 포기한다네

우스운 얘기 같지만
우리네 삶을
생각해 보게나

*선친께서 해 주신 이야기 중에

내 마음의 공터

봄은 양지에 서성이고
겨울은 음지에 숨어
떠나기 싫어하네

창 너머 남쪽
내 마음의 공터는
봄 햇살 가득하고

머지않아
꽃 피고
잎 피고

그렇게 봄은
내 마음 공터를

아름다운 꽃으로
가득 채워 놓겠네

야생화

산과 들에 피는
이름 모를 꽃을
사랑한다

너는 순수함에
더욱 아름답지만

무명이란 게
나와 똑 닮아
그래서 고맙다

고고한 자태로 사는 너
세상에 타협하지 말라

혼자 피어도 아름다운데
너 없이 못 산다는
벌 나비가 있지 않니

봄은 엄마의 마음

겨울의 질긴 꼬리는
아직도 뭉그적거리는데
화사한 햇살은
따사로운 봄을 부르고

작은 멧새 부부
알 놓을 둥지를 찾느라
옹벽에 작은 구멍을
분주히 드나드네

봄은 어떤 마음일까?
열 자식 품어 기른
엄마의 마음

그래서 우리는
봄을 좋아하나 보다

엄마의 마음 엄마의 품속이 그리워서

산골의 아침

재잘대는 새소리
산골 새벽을 깨우고

산 너머에
자고 난 햇살이
산골을 비출 때

귀여운 다람쥐
새벽이슬에
세수를 하는지
재롱을 떨다 가더니

산까치 날아와
아침 인사 정겹다

먼 데 고라니
기침 소리 요란하고

산골의 맑은 아침을
혼자 하기에 아까운지
산골 식구들의
아침 서곡이 펼쳐진다

산골의 밤

누가 알리오
이 산골의 밤을

새들도 잠들어 고요한데
반딧불이 한가로이 날고

고운 빛을 내는 그 놈 이름이
개똥벌레라니
그 이름 다시 지어 주고 싶다

가로등도 없어
캄캄할 것 같은 산골 밤이
희미하게나마 밝은 것은

초롱한 눈빛으로
반짝이는 별빛 덕인가?
개똥벌레 덕인가?

투명한 밤이슬은 알고 있겠지

수옥 폭포

새재에서 하나둘 모인 물이
오순도순 길을 떠난다

내려오다 절벽을 만나
거꾸로 길~게 떨어지며
놀라고 아파 비명을 지르는데

사람들은 거꾸로
떨어지는 너희를 보며

와! 멋지다
아름답다 시원하다
즐기며 바라봤겠지

그래도 다시 가라
가는 길이 평탄하지만은 않을 터

비탈지고 험한 길도
참고 가다 보면
한강이 되어 소리 없이 흘러

마침내 바다에 닿고
춤추고 즐기다 보면
태평양에 닿을 것인즉

자연 학습장

자연이 살아 있고
그래서 오기 힘든 산골에
손자 손녀 찾아와
신나게 놀고 있네

잣나무 숲 속에
해먹 매어 주니
서로 타고 밀어 주며
하하하 호호호

깔깔거리는 웃음소리 듣기 좋아
귀한 가재도 보여 주고
야생화도 가르쳐 주고

내년에 또 오라고
그네도 매어 주리라
내친 김에 작은 물레방아도
물 미끄럼까지 만들어 봐야지
저 꽃들이 또 얼마나 잘 놀아 줄까?

그래서 할아버지 신바람 났다
손자들 자연 학습장
만드는 큰 꿈이 있기에……

제 2 부

엽전 구멍으로 본 세상

밥 타령

진지 잡수셨어요
밥 먹었니
밥이 인사고
밥이 삶이고

일은 아버지가 하고
아들을 대신 보내 놓고
너 밥 많이 먹고 왔느냐
나물국하고 된장하고 밥하고 먹었지요
예끼, 밥만 실컷 먹지 그랬느냐

밥만 주면 머슴도 살고
밥만 주면 공장일도 잘 하고

지금은 모두가 돈 돈
먹을 것이 너무 많아
살 빼느라 돈 돈

월급 더 달라고
노사 분규 돈 타령
배고파 밥 타령 할 때가
더 인정 많은 시절 같다

할머니의 손자 교육

겨우 말을 배우는
세 살배기 손자
손자 보기 힘든 할머니

동물 이름을
사투리로 가르친다
호래이(호랑이)
고내이(고양이)
배얌(뱀)
여깨이(여우)
빙아리(병아리)

이걸 본 며느리
아차 안 되겠구나
얼른 손자를 데려간다

손자 보기 심들만

이 방법 치곤 기라

늙은 할머니 지혜

허허허……

*심(힘), 치고(최고)

감자

부실한 몸 나누어
흙 속에 터를 잡고

극진한 모성으로
건강하고 잘생긴
2세를 잘도 키워냈구나

잘 되는 집안은
자손이 솟는다는데

긴 봄 가뭄도
괴롭히는 해충도
참아 이겨 내고

훌륭한 자식을 길러낸
너는 장한 어머니

공기 너만은

땅은 옛날부터
사고팔았다 치자

산업화되면서
물도 사고파는 세상

공기 너만은 사고팔지 않게
지조를 지켰으면 좋겠다

돈도 너처럼 살면
세상에는 부자도 거지도 없이
공평한 삶을 누릴 텐데

더 많이 갖고 싶어
끝 모를 욕심으로 가득한
천차만별 세상이다

백두산 천지 1

높아서 너무 높아서
하늘 가깝고

넓어서 너무 깊어서
하늘 닮은

단군 얼 스며
한반도 등뼈
맑고 푸른 물
한민족 피가 되었네

백두에서
한라까지
하나 되는 날

벅찬 가슴

날개 달아

훨훨

날아보고 싶어라

*애국적 서정시

백두산 천지 2

백두는 눈을 이고
천지는 얼음을 품고

날씨는 화창한데
맑고 푸른 천지를 못 보았네

북은 얼어 있고
남은 흥청망청
단군의 후손으로
민망하고 부끄럽다

북 중 영토 협정
백두산 천지도 반
압록강 두만강도 반

만주벌 호령하신
광개토왕 면목 없다

저린 마음 날개 있어
야생화 아름다운
백두고원 날고 싶다

생존 경쟁

나무를 덮은 칡넝쿨
감고 오를 땐
같이 살자 기어오르더니

정수리 타고 올라
함께 살자는 건지
숨통을 조이는 건지

나무의 마음
나무의 입장
안중에 없고

기세등등 오만방자
그물망같이 옭아매고
큰 잎사귀로 덮어씌워

햇볕도 가리고

바람도 막고

너 죽고 나 살자는 심산인가?

장마

여름날을
너무 오랜 날을

구름은 해를 가리고
하늘도 가리고

비는 쉬지 않고 놋날 드리우듯
세상은 온통 우울하다

하늘도 해도 눈을 감고
산도 들도 강도 바다도
제 표정을 잃었다

인군의 눈과 귀를 가려
나라를 어둡게 한
간신배 무리의 횡포가
이러했을까?

*거의 두 달 동안 비가 내린 긴 장마를 개탄하며

염색

먼 길 돌아
여기까지 오다 보니
마음도 몸도
이미 지쳐 백발인데

머리에 검은 칠 한다고
청춘 되랴
호박에 검은 줄 친다고
수박 되랴

이 보오 그냥 두오
나무에 꽃이 피고 열매 맺고
단풍 들고 낙엽 지듯
모두 자연의 순리인 것을

세월이 거꾸로 돌 수 없건만

순리를 거스르고 싶은

늙은이 마음……

출퇴근길 상념

곤지암에서 청담동
지루한 왕복 네 시간

버스와 전철이 데려다 주는데
몸이 힘들어 하는 것은
성질 고약한 마음 탓일 게다

눈 감고 앉아 시도 읊어 보고
두고 온 고향 마을도 그려 보고
성급한 마음 다독여 봐도

서글픈 추억이
스멀스멀 기어 나와
나도 좀 나도 좀 한다

연민의 정처 없는 바보

아 고뇌의 세상

그 고단한 세월

눈은 왜 오노

함박눈이 내린다
눈은 왜 오노
오염된 세상
하얗게 만들고파 오지

흰옷 입은 순박한 선조들이
피와 땀으로 지켜온 이 땅

호의호식하는 것이
제 덕인 양
알량한 지식들이

서로 헐뜯고 비방하고
좌로 우로
네 편 내 편 가르고

치유되기 힘든
중병 든 세상
보수가 뭐고 진보가 뭔데

하나로 하얗게 되라고
저렇게 쌓이나 보다
말없이 체념한 채……

그때는 그랬는데

어릴 적 너무 배가 고파
내리는 눈을 보며
쌀이었음 좋겠다

그러려면 마당이
넓었으면 좋겠지
마당 안의 쌀은
모두 내 것이니까

그때는 그랬지
배만 부르면
살 것 같았으니까

지금은 배부른데
무엇이 불만인가

정신이 고픈 탓일까
돈이 고픈 탓일까

사방을 둘러봐도
온통 갈증과 불평불만에
허덕이는 사람들뿐……

봄이 하는 일

봄은 멀리 있는
햇살 불러 가까이 두고
참 많은 일을 시킨다

꽃도 피우고
움도 틔우고
새들 불러 노래시키고
아지랑이 춤추게 하고

이런 일
사람이 맡으면
잘 할 수 있을까?

심술이나
안 부리면 다행이지

여의도에 모여

일하는 사람들을 보며

이런 생각을 해 보네……

벚꽃

따스한 봄 햇살에
연분홍 꽃망울
머금고 있더니

꽃잎 활짝 열어
하얀 미소로
우리를 반긴다

너를 어느 나라 꽃이라고
아무리 우겨도

너는 이 땅에 핀
우리의 꽃이 분명한데

자연스럽게 피는 꽃도
저희 것이라고
우기는 인간들의
가소로운 야심이
얄밉지 않으냐?

돌탑 준공에 부쳐

너는 너 나는 나
흩어져 나뒹굴던 우리가

화합하고 힘 모아
어깨를 마주 하니
보기 좋은 모습으로
다시 태어났네

잘나고 못나고
구분 짓지 말게나
모이고 함께하면
이렇게 위대한 것을

부자유친 부부유별
전통 윤리 아니던가

그 정기 하늘에 닿고
그 자애 땅에 스며

아름답고 슬기로운
사람들이 모여 사는 이 땅

자손만대 태평성대 누리리라

공든 탑이 무너지랴

무너진 돌탑을 다시 쌓으며
또 한 가지 깨달았네

속이 꽉 차지 않으면
무너진다는 것을

배와 등을 서로 맞추고
어깨와 얼굴이 질서정연해야
흔들리지 않고 예쁜
탑이 오래 유지되는 것을

나 어리석어 돌에게 배우네
겉보다는 속이 차야 하고
위아래가 화합하고

저마다 주어진 자리에서

책임을 다할 때

아름답고 복된 사회를

오래오래 유지할 수 있다는 것을

스마트폰은 유죄다

스마트폰 너는 너의 죄를 알렸다

알량한 너의 잔재주로
많은 사람이 실업자 되고
많은 가게가 문 닫은 사실을

사진관도 책방도 시계포도
오락실도 비디오도 오디오도
그 외 네가 하는 일이 너무 많아

많은 사람들이
사업장을 잃고
일자리를 잃고

살아갈 길이 아득한데
젊은이들은
너를 들여다보며 길을 간다
묵념을 한 채 횡단보도를 건넌다
전철 의자에 앉아
힘겨운 늙은이도 안 본다

미풍양속을 흐린 죄
경제활동 방해죄
그 죄 막중하여 중벌에 처하노라

기계 문명의 유감

컴퓨터 스마트폰이 세상일을 도맡고 나서더니
온통 세상이 기계화 바람이다

은행 가면 예금도 출금도 송금도
세금 공과금까지
주유소 가면 셀프라니
내가 다 해야 하고
하이패스가 슬슬 자리 잡더니
나들목 출구 계산대도 기계라니

창구마다 사람이 없다
사람을 대하고 웃는 모습이 기분 좋은데
무뚝뚝한 기계들이
사람을 노려보는 세상

이게 사람 사는 세상인가
일자리 창출 외쳐 보는데
어디다 어떻게 만들 심산인가?

허허 맹랑한 세상사여……

행복하다는 것

아프리카 어떤 나라

학교가 없어

햇볕도 다 가리지 못하는

나무 밑에 모여

모래 바닥에 글씨를 쓰며

그걸 학교라고 그걸 공부라고 열심인데

어떤 외국 선교사 선심 베풀어

고등학교 세우고

그 학교 졸업하고 좋은 직장에

고액 월급 받으며

무척 행복할 것 같은데

자살률이 급증한다는 것은

우리와 무엇이 다르랴

가난하고 배고파

콩 한 쪽도 나눠 먹는 정이 있었는데

이웃에 누가 사는지도 모르는 냉정한 세상

행복은 과연 무엇에서 오는가
곰곰이 생각해 보네

시 속에서 길을 찾다

시는 음악이다
예지다
감동이다
분노다

그 속에 삶이 있고
철학이 있고
웃음이 있고
눈물이 있다

아름다운 자연도
아름다운 사랑도

그 맑은 영혼의 가슴에
나를 묻었다
번뇌를 잊으려고
구도를 향한 고행

언제 득도하여
해탈할지 몰라도…

제 3 부

고향 그리고 가난

내 고향 농바우

농 닮은 바우 있어
농암면이라네

청화산 웅장하여
백두대간 중추요
골마다 옥수 흘러
영남의 젖줄이네

견훤 왕이 용마를 얻었다는
말바우 전설 같은 이야기
왕이 살아 궁터요
쌍용이 등천해 쌍용계곡

할머니 옛이야기는
무릎에 앉은 손자에게 전해지고
효자 효부 충절의 고장
산 높고 물 맑아 아름다운 곳

조상님 은덕으로
이만큼 살았으니
언제 가도 좋으리
언제 봐도 좋으리
영원한 마음의 고향 농바우

고향 참 좋은데

문경 참 좋지
농암 좋고 말고
갈동리라……

나무 해다 방 덥히고
X 장군 XX 장군
지게로 져다 보리 밀 가꾸고

여름에 보리밥 겨울에 고구마로 끼니 잇고
땔나무 저 나르고 밤에 가마니 짜고

손으로 모 심고 김매고
호미로 밭에 풀 매고
풀 베어 날라 소 먹이고

어허라 생각하니
너무 힘들게 살았네
지금은 달라도 너무 달라
상전벽해라고 할까
귀향……
생각은 자꾸 나는데
허허 허허
갈 둥 말 둥 하여라

빈손

빈손으로 서울행
사 남매 서울 사람 되라고

설날 아침 차례상 물리고
동구 밖 누나를 뒤로하고
어디 가나?
나 서울 가

대가족 셋방살이 설움
혼합곡 라면 한 끼
삶의 짐이 무거워
눈시울 뜨거웠지

아들딸 결혼하여
손자 손녀 잘 자라니
고단한 삶의 짐
이젠 내려놓고 싶으다

내 생애 잘한 일은
빈손 들고 서울 온 일
허 허 허 …

보릿고개 추억

훈풍에 일렁이는
보리밭에는
옛 추억이 숨을 쉰다.

허기진 기다림의
보리누름 선 살굿빛을 띨 무렵

풋보리 디딜방아에 찧어
겉껍질만 겨우 벗은 보리로
밥을 지은 누나는
오늘은 밥했다고
감격에 겨워 나를 부른다

목이 아픈 그 밥 맛
너무 맛있어
잊을 수가 없는데

초가지붕 위로 저녁 연기 정겹고
소 몰고 쟁기 진 농부
좁은 골목 옆걸음 친다

건망증

야야 대님이 한 짝 없다
아부지 한 짝은 매셨네요
그래 한 짝이 없어
한 짝은 들었네요
아 한 짝이 없다

한 짝은 매고 한 짝은 들었으니
둘 다 있잖아요

허허 내 정신 봐라
영천 장에 콩 팔러 갔나?

*영천 장에 콩 팔러 : '죽은 사람'을 뜻하는
                  문경 지방 토속 표현

문경새재 1

새들이 쉬어 넘어
새재라 했나
굽이굽이 사연도 많다

옛 선비 금의환향
꿈을 안고 넘던 고개

지금은 아름다운 길
맨발로 걸어 넘네

어느 도공이 빚었나
찻사발 아름답고

한가로운 구름이
찻잔 속에 쉬어 가네

*조령 3관문에 다녀와서

문경새재 2

드라마 왕건을 제작하고
대왕 세종을 찍기 위해
수십억 원을 들여도

계곡을 흐르는 물소리
새들이 연주하는
음악 소리만 못하고

작은 연못에 송어를
수달이 훔쳐 먹어도

흙길 걸으며 보고 듣는
자연이 연출한 드라마가
더 아름다운데

예쁜 다람쥐

도토리 줍다

놀란 눈을 하고는

같이 소풍 가자 한다

문경새재 3(전설 같은 사실)

조령산과 마패봉을 양쪽에 거느리고
계곡 따라 오르는 길
1관문 위에 2관문 정상에 3관문이
성벽과 함께 버티고 있는 천혜의 요새 조령관문

임진왜란 큰 전투에 용맹스런 신립 장군
관문 망루 북 속에 고양이 넣어
둥둥둥 소리만 나게 하고
탄금대 배수진이 웬 말입니까?

맹호같이 용맹한 신립 장군
고군분투 끝까지 싸우시다
조총으로 무장한 왜병을 이기지 못하고
장렬한 최후를 마치셨으니

조령에 진을 쳤던들
왜군을 쥐 잡듯 하였을 것을
아~ 원통하다 국운이여
애달프다 조령관문……!

*선친께서 들려주신 이야기를 시로 적어 보았음

엄마의 밭

엄마는 무신 밭을
그리 갈아쌌노

밭을 갈만
모든 기 잊힌다

슬픈 일도
아픈 일도

그리 밭 갈아
누구 줄 낀데

오곡 잡곡 거두어
단지 채우는 재미
콩은 아들 같고
팥은 딸 같고

그 재미로 안 사나
이래 먹고 사는 기다

고향 가는 길

내 고향 두메산골
사십여 년 서울 살며
그리던 고향 길

그때는 자갈길
먼지 나는 길이었지

진달래 개나리 곱던
어머니의 길이었지

금의환향도 아니면서
갈 때는 기쁜 마음으로
차도 잘 달려가는데
올 때는 힘이 들고
차도 막히네

그 길이 그리 다른 것은

내 마음속

그리운 고향

그리운 어머니

그래서 그런가 보다

회룡포

내성천 흐르는 물이
낙동강으로 흐르다

길게 누운 산자락에 막혀
350도 동그라미 그리며
돌아가는 회룡포

갈 길 막는 산을 탓하지 않고
돌아갈 줄 아는 지혜로움이여

내 가는 길 막지 말라고
외치는 사람들아
물의 순리를 배우고 가게나

회룡포는 오늘도

순리대로 흐르며

지나가는 나그네

발길을 멈추게 하네

삼강주막

두 물줄기 하나로 모여
낙동강을 이룬 물의 삼거리

나룻배로 오가던
보부상과 길손
주린 배 막걸릿잔으로 달래고
고단한 몸 쉬어 가던 주막

글을 몰라
검게 그을린 부엌 벽에
빗금 쳐 외상 술값 계산하던
늙은 주모
세월에 묻혀 가고 없는
초가 주막엔 옛이야기만 남아

작은 무쇠솥도 큰 항아리도
주인 없어 외롭고

오백 년을 산
늙은 회화나무
쇠잔한 몸 시멘트로 때운 채
푸른 이끼 온몸 가리고
삼강주막을 지키고 있네

아…… 무상한 세월이여

별들의 고향

사람들이 하나둘
고향을 버리고 서울로 도시로
모여 살게 되면서

별들은 하나둘
시골로 산골로 찾아들어

은하수에 목욕하고
저희끼리 모여 살며
초롱한 눈빛으로
서로 사랑하자 윙크하는데

사람들은 그걸 모른다
서울 밤하늘에 왜 별이 없는지

서울 생활에 지친 늙은이
그 별 보려고
산골 움막의 밤을 본다

그 별이 왜 시골로 갔는지
궁금한 마음에……

천하 명풍 도선의 유언

풍수지리 천하제일인 도선도
나이는 어쩔 수 없어 임종이 가까운데

그 아들 애가 타서 아버지 남의 묫자리는 잘 보면서
아버지 가실 자리는 왜 없어요

도선 하는 말 여기 외인이 있어 말할 수 없다
아들 둘러보니 어머니밖에 없는지라
어머니 잠시만 비켜 주세요
그 어머니 밖에 나와 문틈으로 듣는데

애야 나 죽거든 목만 잘라 동네 우물에 넣어다오
그대로 시행한 아들 삼년상을 치르던 날
어머니와 불편한 언쟁이 벌어졌네

요놈아 너는 효자라서 니 애비 목을 베어 우물에
버렸느냐
동네 사람 그 말 듣고 이크 웬 말이냐
우리가 송장 썩은 물을 삼 년을 먹었다니

동네 사람 다 모여 우물물을 퍼내는데
그 안에 용을 타려고 한쪽 발을 치켜드는 판이라
조금만 있으면 용을 타고 승천할 판인데
어허라 여자의 옹졸함이여
모든 게 무산되고 말았구나

*선친 이야기 중에

춘매(봄 매화)

은척에서 태어나
상주도 못 가 본
시골 처녀
순박하기로 이름났지

가난한 집 외며느리로 선택돼
상주 가서 약혼 사진 찍고
영화도 한 편 보고

스물한 살 어린 나이
호된 시집살이 시작되고
호랑이 시어머니
말 드센 시누이에
고된 농사일은
몸과 마음 천만 근일세

아들딸 나이 벌써 마흔 중반
손자 손녀 초·중학생 되었으니
난들 아니 늙고 배길쏜가

그래도 세상사람 매화 꽃 즐기고
매실 좋아 사랑하니 그나마 위안일세
눈서리 모진 바람 참고 산 보람이네

제 4 부

내 어머니 그리고 아버지

흔적

울 엄마
하늘의 별에 빌어
씨앗 하나 얻어

기름진 땅 찾지 못해
척박한 땅에 심어 놓고는
궁촌에 나도 제 할 탓이란다
개천에 용 나리라 바라셨는데

나 어리석어 개천의 미꾸라지로 살았네
어쩌나 이 불효
굵고 큰 흔적 남기지 못해 죄스럽고
가늘게 구부러진
흔적이 부끄럽네

자화상

나도 모르게
막내가 찍은 사진에
아주 낯설지만
내 자화상이 그려져 있네

허름한 옷차림
뒷짐 지고
속머리는 비어
구부정한 뒷모습

세상사 고단함이
긴 그림자 되어 따라온다

오래된 무거운 짐 벗어 놓고
홀가분한 마음으로
가벼이 가면 될 터

부끄러운 어른이나
아니었음 좋겠다

을유생 군자방성 1

을유년 시월 보름 축시
딸만 다섯 낳은 집에
아들 하나 태어났다고

웬 새끼 고추 숯 달아 금줄 치고
긴 담뱃대 문 할머니
좋아서 왔다 갔다

딸만 많이 낳았다고
설움 받던 내 어머니
기뻐서 눈물 나고

아버지 싱글벙글
깜부기도 씨가 있다고
나도 아들 낳았네

온 동네 덩달아 좋아하고
딸 부자 가문에
이런 경사 또 있을까?

*을유년 시월 보름 축시 : 1945년 10월 15일
                       새벽 2~3시

을유생 군자방성 2

비나이다 비나이다
칠성님 전 비나이다
경술생 제주
아들 점지 발원이요

추운 겨울 찬물에
목욕재계하고
손바닥 닳도록
정성 들여 빌어 낳은 아들

박 샘에서 홍두깨만 한
은비녀가 서기를 하는
태몽을 꾸고 낳은 아들

잘 먹이고 잘 입히고
키우려 해도
해마다 흉년이다 수해다
형편이 여의치 않네

*박 샘 : 바가지로 물을 뜨는 샘(옹달샘)

울유생 군자방성 3

비야 비야 오지 마라
울 엄마 얼른 오구로

젖도 떼지 않은
어린 놈 떼어 놓고
전국 방방곡곡
면면촌촌 개들 짖고

보따리 이고 일중식하며
젖이 불어 울고
젖 짜 버리며 울고

금쪽같은 어린 아들
젖 못 물리는 어미 마음

하루 한 끼 먹는 밥도
눈물로 말아 먹었네

*일중식 : 하루 한 끼

울유생 근자방성 4

국민학교 1학년 하굣길에
농암 장을 지나다
밥 먹는 상인들을 보며
그 밥이 얼마나 먹고 싶었던지

빈손으로 장에 온
엄마 치마폭에 안기며
엄마 우린
집에 가도 밥 없지
엄마도 울고 나도 울고

보릿고개 긴 봄을
밥 구경을 못 했으니
어찌 그런 시절을 살았는지
식량이라곤
생쥐 볼 가실 것도 없다

을유생 국자방성 5

태어나기 전
갈동 1~2리에서
우리 집이 제일 부자였다고

태어난 후로
계속되는 흉년에
수해도 겹치고

해방되면서
일본 사람 토지
소작인에 분배되면서
우리 토지 소작인도
분배를 해 줬다니

내가 복이 없음이다
다 비우고 빈 몸으로
살라는 운명이었나 보다

을유생 군자방성 6

비나이다 비나이다
칠성님 전 비나이다

을유생 군자방성
얻들고 받드사

석순의 복을 주고
동방삭의 명을 주소서

동에 가면 동해 용왕님
서에 가면 서해 용왕님
남에 가면 남해 용왕님
북에 가면 북두칠성님

동서남북 사해 팔방
두루 굽어 살피사

을유생 군자방성

눈에 열기 귀에 총기

남의 눈에 꽃으로 잎으로

보이게 점지 발원

소지 일장 축원 하나이다

*석순 : 중국 옛이야기에 나오는 복을 많이 타고 난 사람
 동방삭 : 삼천갑자를 산 명이 긴 사람

을유생 국자방성 7

장독대 북쪽 자리
칠성단 모아 놓고

정월 보름
사월 초파일
칠월 칠석
시월 상달

한지 오려 금줄 치고
하얀 백설기 시루에 찌고
정안수 떠 놓고
촛불 밝혀

자식 위해 드린 정성
어머니 생전에
잘 사는 모습 못 보여 드리고
우둔한 내 탓이다

그 정성
그 바람
빚으로 남는구나

선친 1

춘초는 연 연록이요
봄풀은 해마다 푸르러도

초로인생이라
풀잎의 이슬 같은 인생

삶의 희로애락을
달관하신 분
주어진 대로 욕심 없이
선비처럼 사신 분

고전 소설을 잘 읽으시어
사랑방에 온 동네 분들 모여
책 읽는 소리에 울고 웃고

퉁소를 부시면
그 곡이 얼마나 구성진지
가슴 저리도록 감동되고

술은 너무 좋아하시되
노름은 절대 안 하시고

남들은
한 도사 애칭에
호인이라고 칭찬해도

어머니에겐
무능한 가장
천하호걸
무골충 같은 영감

선친 2

모야 모야 노랑 모야 언제 자라 열매 맺나
손으로 모심을 때
주고받고 하던 농요

애벌논 호미로 매며
이 방아가 뉘 방아냐 강태공의 조작 방아
에헤라 방아야

하루 종일 계속해도
노랫말은 다 달라

두벌논 손으로 맬 땐
우야 우우~~ 어허야아~
리듬이 일손하고 어찌나 잘 맞는지
조상님들 지혜가 엿보인다

힘든 농사일
농주와 농요로
농악 울리며
시름 달래고
신명 나게 하신 지혜

회심곡을 바탕으로 한
상여 소리는
상주 더욱 슬퍼 울게 하고

좋으신 목청으로
얼마나 잘하셨는지
문화재감인데

요즘 같으면
녹음이라도 해 두련만
안타깝다

소중한 민속 문화를
잊고 말았구나

선친 3

부자로 사실 때
밥을 구걸하는 걸인에게
당신 밥을 절반 덜어 주시고

이웃에 굶는 집 있으면
양식도 나눠 주시고

자식을 가르치되
말로 시끄럽지 않게
마음으로 가르치고

옛날이야기 들려주시며
거울삼게 하신
인자함으로

살림이 어려워져도
웃음 잃지 않으시고

고욤나무에
감나무 접도 잘 붙이시고

곶감 접기를 잘하시어
밤샘 작업도 하시며

저도 배울까요?
하지 마라
잠 못 자고 고생한다
하시던 아버님

선친 4

왜정 때
대구 달성 양조장
술 빚는 기술자로 계시다
모친이 보고 싶다시며
집으로 오신 효자

해방 되고 토지 개혁 때
소작인에게 분배하시고

6·25때 갈골로
피란 먼저 하신
선견지명도 계신 분이

살림이 어려워
내가 초등학교 5학년 될 무렵
충북선 철로 공사장으로

객지 생활을 시작하셨고
철로 공사 끝나자
산판 일 하시는데
나와 여동생도
따라다니고

강원도 황지 탄광
선탄부로 일 하시다
후진하는 트럭에 깔려
골반 뼈를 심하게 다쳐
장성 병원에
입원 치료 하시다

4·19 무렵 시절은 혼란하고
다치신 몸 살 길 없어
어머니 반대를 무릅쓰고
고향으로 올 수밖에

어머니 말씀대로
화약 지고 불구덩이에
들어간 셈이지만……

부모님 가슴에

누가 말했을까?
이 좋은 말을

자식은 부모 가슴에
돌 한 덩이 얹어 두고
찾아가지 않는 놈이라고

맞아 맞는 말이야
내가 그랬어

혼자 된 딸들을 보며
딸이 죽는 게 차라리 낫겠다던
한 맺힌 부모님 마음
화병으로 멍든 가슴을

풀어드리지 못했어
보듬어드리지 못했어

많은 세월이 흘렀지만
지금도 내 마음이
그래서 아픈 거야

차례상 앞에서

할아버지 할머니
아버지 어머니
저희 삼 대가 절을 올립니다

왜정 36년을 살으시고
6·25 전란을 겪으시느라
옷도 밥도 고기도 귀하던
춥고 배고프고 어렵던 시절

그때가 지금만 같았으면
얼마나 좋을까요
그때 이런 상을 올렸으면
얼마나 좋을까요

의식주
모두 풍요로운
오늘을 사는 저희는

효도하지 못함이
함께하지 못함이
못내 아쉽고 서럽습니다

부자지정 1

흰 눈 펑펑 오던 날
아버지 따라
삼십 리 밖 오일장을 갔던 날

검정색 코르덴 잠바를
내게 사 주셨지
얼마나 좋아했던지

뽀드득 뽀드득
집으로 오는 길
멀리 마을 개 짖는 소리 정겹고

논인지 길인지 분간 어려워
천천히 걸어오던 길

아버지 옛이야기 속에
선조들의 지혜와
삶의 진리 있고

부자지간 따뜻한 정에
눈길마저 춥지 않았네
지금도 그리워지네
아버지 정말 고마웠습니다

부자지정 2

또르륵 쿵 또르륵 쿵
부자가 가마니를 짠다

아버지 우리는
고구마 동상을 세워야겠어요

세계에서 제일 잘 사는
덴마크 농민들은
돼지 동상을 세웠대요

그래 고구마 동상
세울 만하지
고구마 덕에 긴 겨울
배고프지 않으니 말이다

손은 거칠고 힘이 들어도
그 겨울이 따뜻했네
긴 겨울이 춥지 않았네
부자지간 정 때문에

나에게 편지를 쓴다

마음이 외롭고
우울할 때

나에게 편지를 쓴다
울적한 마음
위로받고 싶어서

칠십 평생 건강했고
아들딸 잘 살고
손자손녀 공부 잘하고
예쁘게 잘 자라는데
무얼 더 바라리오

괜찮다
괜찮다

감사하다고
행복하다고

조용히 생각하고
나를 달래라고……

*2014년 가정의 달 오월에

돌을 모아 탑을 쌓는다

왜냐고 물으면
그저 허허 웃지요

번뇌를 벗어 놓고
덕을 쌓으라고?

곡선이 있어 예쁜 어머니 탑
머리의 화관 예쁘고
직선에 힘이 있어 아버지 탑
평화의 상징 비둘기 앉았네

아들 탑이 더 큰 것은
나보다 아들이 나아야 한다는
부모의 마음이라

세상 모든 부모들이
자식 잘되길 빌고 있지 않은가

그래서 사는 거야
그래서 보람을 느끼고
그래서 탑을 쌓는 거지……

내 삶에 대한 인사

육 남매 외아들로
누님들이나 나는
참 힘들었습니다

그동안 열심히 살았고
많은 꿈을 꾸었습니다

한때는 슬퍼했고
많은 눈물도 흘렸지만

내 아들을 보고 힘을 얻었고
내 딸들을 보며 시를 썼습니다

자식들 모두 남매를 키우니
희망이 있기에
멋진 꿈을 꿉니다

후세엔 훌륭한 인재가
나올 것 같아 기대됩니다

오늘을 있게 하신
조상님께 감사드리고
함께하신 여러분
감사합니다

후기 : 백두산 천지에 올라

꼭 한 번 보고 싶었던 백두산 천지
삼 대를 덕을 쌓아야 볼 수 있다는데
날씨마저 화창하여 전체를 볼 수 있었다

6월 2일 서울은 이미 여름인데
백두는 흰 눈이 한 길 넘게 쌓여 있고
끝없이 펼쳐진 호수는 두터운 얼음에 묻혀 있다
웅장한 봉우리 깎아지른 절벽이 쌓인 눈과 조화
를 이룬다
모든 것이 인간이 할 수 없는 신의 조화였으리라

민족 시조이신 단군 할아버지
드넓은 만주 땅을 호령하신 광개토대왕님
그 넓은 영토 반 토막 난 분단된 조국을 어찌하오
리까?

꼭 하고 싶던 소원도 빌어본다
하루속히 민족이 통일되고 복된 삶 누리도록
단군 성조시여 굽어살피소서 우리 대한민국을!

애틋한 그리움의 대상이었기에 오랜 날을 기억하
리라
아니 영원히 품고 싶은
아! 너무나 아름다운 백두산 천지여!

*2007년 6월 2일 중국 먼 길 돌아 백두산을 보았다.

우리 기억속의 아버지

현송

자식을 낳아 기르며 삶에서 마주친 여러 난관 앞에 그때의 아버지 나이가 되고 보니 비로소 알겠습니다. 시리고 고단했던 아버지 인생에 우주만큼의 무게가 있었다는 것을… 일생을 쉼 없이 부지런히 살아내시고 여전히 도시 농부와 시를 쓰시는 지금 모습에 늘 감탄합니다. 잘될 거라고 항상 응원해 주시는 울 아버지! 학창 시절 학교 방문에 젊고 멋진 모습에 우쭐했던 기억, FM 음악 방송을 즐겨 듣던 낭만적인 모습… 제게 있어 부모님은 고향 마을 느티나무처럼 언제나 그 자리에서 두 팔 벌린 커다란 사랑 나무입니다. 사랑합니다. 존경합니다. 건강하세요.

지원

어릴 적 누에 칠 때 왜 저렇게 정성을 쏟을까 대충 빨리빨리 많이 하면 돈도 많이 벌고 고생도 덜 할 텐데… 석유 장사 시절 통에 담을 때, 되박질 빨리 하면 조금 덜 담아서 이익이 더 생길 텐데… 인생의 무게를 요령보다는 정성과 우직함으로 살아오신 당신. 당신 아버지를 한 자랑으로 칭하시면서 조금이라도 자랑거리가 생기면 이웃 친지들에게 싱겁게 웃으시며 되새기곤 하신 당신. 그런 아버지를 어느 순간 닮아 있는 저를 보면서 허허허 하지요. 웃음소리마저도…

현숙

"허허허~" 웃음이 세상에서 제일 잘 어울리는 우리 아빠입니다. "우리 집 소는 풀도 잘 먹지~" 늘 자식들 칭찬과 자랑으로 흥분은 하셨어도, 꾸지람으로 큰소리 한 번 내신 적 없는 인자하신 아빠입니다. 삐뚤빼뚤 울퉁불퉁한 땅도, 수풀의 무성함도, 굴러다니는 돌도 아빠의 손만 닿으면 반듯한 농토가 되고, 길이 되고, 예술품이 되고, 쉼터가

됨이 놀라운데도 늘 조금 더 조금 더 하시며 자연에 해가 되지 않게, 자식을 키우듯 정성을 다하시는 열정과 인품을 본받고 싶습니다. 꿈 많으신 아빠! 마음이 하고 싶은 말을 시로 쓰시는 훌륭하신 아빠! 항상 응원할게요.

영주

부모님께서 제 나이 다섯 살 때 서울로 상경하셨고, 일 년에 한두 번 정도의 만남과 헤어짐에 베개가 젖도록 밤새 울었던 기억이 지금도 생생합니다. 한숨으로 저의 등을 쓰다듬어 주셨던 할머니의 손길도 잊혀지지 않습니다. 이제 제가 부모 입장이 되어 보니 헤어져 있는 기간이 얼마나 힘드셨을지 감히 상상할 수 없어집니다. 그 시절, 부모님의 결단이 있어서 저희들이 이 넓은 세상을 마주 하고 있는 것 같습니다. 이제 아빠께서는 편안함과 익숙함보다는 흙과 함께하는 생활을 하시며 거친 손마디가 되어 가지만 더욱 열정이 넘치십니다. '내년엔 복숭아나무 열 그루에 손주들 이름표를 걸어 줄 거다'라며 부지런히 오늘과 내일을 일궈내시는 아빠… 존경합니다.